The Sisters Karamazov

까라마조프의
자매들

KB045336

◆ 이 작품은 도스토예프스키의 고전 소설
《카라마조프 가의 형제들》속 캐릭터의 성별과 배경을 각색했습니다.

◆ 러시아어에선 성별에 따라 이름이 달라지나, 원작과의 연결성을 위해
그대로 표기합니다. 다만, 부칭을 남성형에서 여성형 또는 여성형에서 남성형으로
바꾸었습니다. 부칭은 러시아식 이름 표기법으로, 아버지의 이름을 딴 중간 이름을
말합니다.
(ex. 표도로비치→표도로브나, 이바노브나→이바노비치)

◆ 리메이크 작품인 만큼 원작의 주요 사건과 전개를 따라가나
모든 사건이 동일하진 않습니다. 어떻게 재해석되었는지 즐겨주세요.

◆ 이 단행본의 작품명, 인명 등은 웹툰 원작의 표기를 우선해서 따랐습니다.

4

The Sisters Karamazov

까라마조프의 자매들

정원사 지음

arte POP

차례

캐릭터 소개

카체리나 이바노비치
(카챠)

뚝바로 판단하세요.

TMI ♂

평생을 아버지에게 인정받아야 한다는
강박 속에 살았으나 약혼만은
아버지의 반대에도 제 뜻을 굽히지 않음.
첫 일탈은 생각보다 시시했고, 결과도 그닥.

◆ 베르호프 사 사장의 외동아들,
  드미트리의 약혼자 (24세, 185cm)

◆ 드미트리의 여동생인 이반에게 빠져있다.
  이반을 향한 마음을 영원히 소리 내어 인정하진 않을 테지만,
  그런 면에서 이반과 지독히 닮은 꼴

◆ 계산적인 면모나 당한 것은 반드시 되갚아 주는 성미까지
  좋으나 싫으나 아버지를 빼닮았다.

◆ 모든 것을 자신이 통제할 수 있다고 믿는 오만한 사람.
  그 오만함이 이따금 스스로를 곤혹스러운 상황에 빠트린다.

◆ 자신과 정반대인 드미트리에게 흥미를 느꼈으나,
  약혼자가 되자 야만적이라며 그를 길들이려 한다.

표도르 파블로비치 까라마조프
(표도르)

내가
왜 그래야
되는데?

TMI

몹시 변덕스러워 어떤 날에는
다정한 부모 흉내를 냄.
드미트리는 이것에 여러 번 속아
기대를 품었다 상처받기를 반복.

◆ 까라마조프 가 자매들의 아버지 (55세, 170cm)

◆ 악덕 사업가

◆ 아내의 유산을 사업 자금으로 써먹은 데다가
  빚을 갚기는커녕 되려 사채업자인 그루첸카를
  이용하려 든다.

◆ 자신 외에는 그 누구도 사랑하지 않는
  최악의 남편이자 최악의 부모.
  그러나 결혼 반지는 빼지 않는다.

◆ 자식이 있다는 사실조차 잊은 듯 무신경하나,
  예외로 알료샤만은 나름 아낀다.
  예쁜 장식품을 대하는 정도지만.

SISTERS KARAMAZOV

41

제 자

스메르쟈코프…

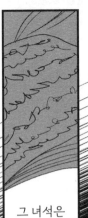

그 녀석은
예전부터…

애!

누가
멋대로
들어오래!

죄송해요.
책상에
펼쳐져 있길래.

청소가
제 일이잖아요.

이거
이반 아가씨가
쓰신 거죠?

그만 읽으래도!

아…

보면 안 되는 내용인가요?

걱정 마세요. 전 어차피 글을 못 읽는걸요.

…너, 나랑 동갑이잖아?

사장님은 여자애가 생각이 많으면 괜히 굼떠지기만 한대요.

네, 뭐. 배울 필요가 없었으니까요.

아무튼
신경 쓰지
마세요.

배워야
무시당하지
않는 거야.

글 정도는 알려줄 테니
쉴 때 찾아와.

이제부터
그게 네 일이야.

어떻게 신경을 안 써?

청소가
아니라
공부.

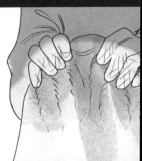

13

다 전개에 필요한
갈등이라서 그래.
문학에선 속뜻을 읽어야지.

아가씨는 이 뜻을
전부 이해하세요?

빌려주신 건
감사하지만요.

전 역시
이런 것보다
아가씨의 글이
더 좋아요.

나 참,
감히 셰익스피어에
비교하는 거야?

게다가 내 글을 봤을 때
넌 글자도 읽을 줄
몰랐잖아?

?

하지만 당연히
외우고 있죠.
그때 한 번
봤잖아요

…제가
똑똑해요?

그럼!
보통 사람들은
그렇게 못 해.

그래봤자
계집애인데.

똑똑하면
뭐가
좋은데요?

굉장한데?
너 진짜 똑똑하구나!

너 혼자 그렇게
생각하든 말든
내 알 바 아냐.

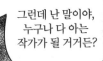

그런데 난 말이야,
누구나 다 아는
작가가 될 거거든?

한 번만 더
맥 빠지게
계집애니 뭐니
초 쳐봐!

알아들었어?

이거예요.

응?

아가씨의 글이
더 좋은 이유요.

속을
울렁거리게
만들어요.

난 깊이 생각을 해본 적이 없어요.
사치니까요.

그런데 이반 아가씨의 글을 보고 있으면…
꼭 우리가 원래 한 몸인 것처럼
아가씨의 생각과 경험이 내 것처럼 느껴져요.

난 아가씨를
사랑하는 걸까요?

어쩌면요….

아가씨의 글 말인데요.

그 순간 왜
햄릿이
떠올랐을까?

아가씨는 아버지를
정말 싫어하시더군요.

"햄릿, 이 아비를
진정 사랑한다면
부디 복수해 다오…."

"네 숙부가
내 귀에
독약을 부어…."

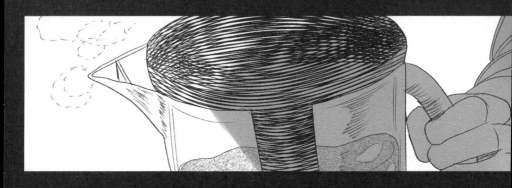

거참.

아까까지 여기 있었는데….

마르파, 뭐 찾아?

아, 아가씨. 혹시 찻주전자 못 보셨나요?

팔팔 끓던 게 어디 갔는지….

… 스메르쟈코프는 어디 있어?

네? 글쎄요. 또 어디 숨어서 놀고 있겠죠.

아버지는?

방에서 낮잠 주무시고 계실 텐데, 왜 그러세요?

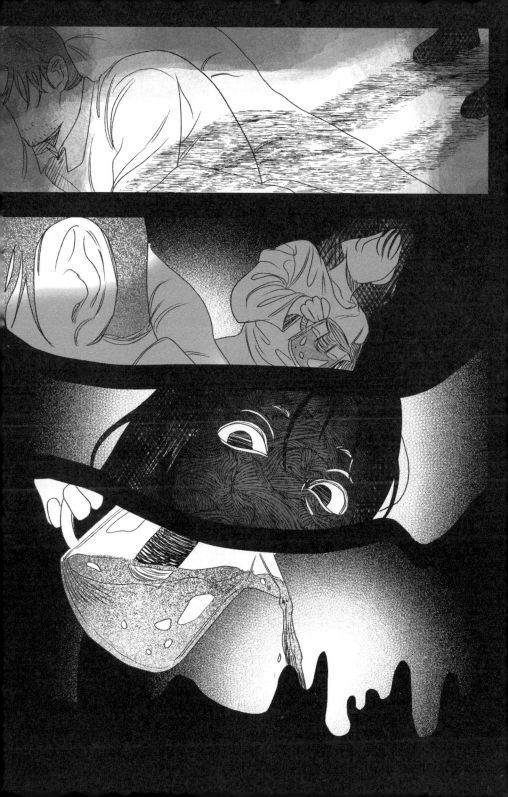

세상에.

또 몹쓸 장난을
쳤구나!

개미들이
불쌍하지도
않니?

생명을
함부로 해치면
못써!

42

굴절

스메르쟈코프가
고아원 생활에서
배운 것이 있다면
관찰력이었다.

사람들은
생각보다
단순하구나.

약점을 알면
다루기 쉽다.

애정 결핍.

겁쟁이.

끼리끼리
잘도 노네.

그에 비해
이반 아가씨는
좀 더 섬세하지.

평소엔 신경도 안 쓰면서 가끔 친절해진단 말이야.

이를테면—

내가 자기처럼 차별받는 똑똑한 계집애로 보일 때.

나 참, 그런 표정을 지을 건 또 뭐야?

멋대로 착각하고 동정하긴. 역겹게.

하이고,

순진하고 오만한 아가씨~.

당신이 가르치는 게 아니라 내가 어울려 놀아주는 거예요.

언제든 본색을 드러낼 수 있겠지만—

뭐, 덕분에 시작한 글공부도 나름 재밌으니….

답이 명확한 거요?

아니,
읽을수록 세계가
넓어진단 거야.

글의 장점이
뭔 줄 아니?

어른이 되면 먼 곳도
직접 가볼 수 있겠지?

청승 떨긴.

어디까지
가고
싶은데요?

그냥, 내가 상상도
못 한 곳까지….

이 집만 아니면
어디든.

스메르쟈코프는
어쩐지

그렇게 될 거예요.

… 라고 위로해 줄까 싶었지만
실행하진 않았다.

이반이 친척 집으로
훌쩍 떠나버렸을 때도

유학 소식을 들었을 때도

아,
참으로 아가씨답군.
조용히 조소했을 뿐이다.

그렇게 싫다던 집으로 되돌아와
모욕을 견디는 모습은
당황스러웠지만.

한심한 놈!

멈칫

제가 벌어서 썼잖아요.

돈 한 푼
보탠 적 없으면서
타박만 하시네요.

그 학비를 들여 배운 게 뭐냐?
도중에 관두기나 하고.

살벌해라.

대충 비위 맞춰주고
끝낼 것이지.
저렇게 뻗대면
괜히 물어뜯기기나
할 텐데.

지 애비 성격을
아직 모르나?

알료샤처럼 곱상했으면
혼처라도 알아볼 텐데.

…뭐라고요?

그렇게 예쁘장한 애가
수녀를 하겠다니
아까워 죽겠다.

한창때의
제 엄마를 똑 닮았어.

너와 달리
성격은 또
얼마나
사근사근하냐?

지금 보라고.
괜히 말대꾸해
봤자지.

시끄러워지기 전에
빨리 빼내야겠다.

슬슬 나갈
채비 하셔야죠.
사장ㄴ—

아버지.

그 애의 어머니는
내 어머니이기도
했는데요?

그게 딸한테
할 소리예요?

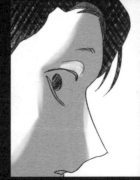

...

거래처 약속에
늦으시겠어요.

아, 그래.

역시.

이반이
울 것 같은
표정을 지으면
속이 뒤집혀.

당신, 똑똑하잖아.
못 이길 싸움에 왜 덤벼드는 거야?

융통성 없이 구니까
상처받잖아.

그게 거슬린다고.

…저 아가씨.

사장님 말은 흘려들으세요.
원래 저런 분이니까—

왜 끼어들어?

내 감정은

고작 그런 말로
요약할 수
없을 텐데….

이반의 글이
다른 이의 이름으로
나온 것만
아홉 권.

문체가 똑같잖아.
다들 왜
못 알아채지?

나만 알아본 거야.

내가 영리한 사람이라서.
당신의 열렬한 팬이니까.

난 당신을
당신보다
잘 알아.

가진 재능에 비해
환영받질 못하지.

뚝뚝한 여자들이
그렇게 사라져 왔듯이

몇 안 되는 자리를
저기보다 모자란 놈들에게
뺏기고, 또 뺏기다ㅡ

완전히 지쳐버리면
적당한 남자를 만나
결혼하겠지.

하지만
누군가의 아내가 되면
다신 글을 쓰지
않을지도 몰라….

와, 싫다.

상상만 해도
끔찍해.

그렇게 되기 전에
내게 도움을 요청한 거죠?

내가 당신의 글을
못 알아볼 리
없으니까.

글의 장점이
뭐냐면요.

작가 본인보다
명확하고 솔직하단
거예요.

그러니
아가씨도 이제 그만
솔직해지세요.

장녀가 사라졌고,
알렉세이는
돈에 관심이 없으니—

그 많은 유산은
모두 당신 차지예요.

대필은 그만두고
당신 이름으로 글을 써요.
원한다면 학교로 돌아가
더 배워도 좋겠죠.

정말 잘된
우연이죠?

너.

네가 죽였구나.
날 사랑해서.

불쌍해서 도왔을 뿐인데,
징그럽게 무슨.

처지가 비슷한 게 불쌍해서……

풉.

아~.

난 왜 이렇게
성격이
나쁠까요!

43

산　　　불

연극 좀 그만해!

적어도 사건 날은
환자가 아니었겠지.

네가 구한 약이
뭔지 들었어.

여기서부턴 허풍으로
몰아붙여야 해.

그 약.

*부프로피온 계열,
맞지?

*부프로피온: 우울증 치료와 금연 치료에 사용되는 약물 중 하나

단순한 항우울제지만,
씹어서 복용하면
발작 가능성이 커져.

태연하게.

먹혀라.

넌 이걸
이용했지?

이미 여러 차례
보고된
부작용이야.

의사도 감쪽같이
속았을 거야.

애초에 병력이 있으니
하필 그날 '우연히' 발작했대도
의심을 사진 않을 테고.

약을 사용해
앓아누운 척하고,

아무도 널
신경 쓰지 않을 때…!

아가씨.

결국 전부
아가씨의
상상이잖아요.

게다가
그 추리가 맞다면

아가씬 지금 살인범과
단둘이 한 방에 있는 거예요.
자극했다가 내가 달려들면 어쩌려고요?

농담이에요.

뭐, 그래요.

여기까지 찾아온 용기를 봐서
그토록 원하는 진실을
알려드리죠.

그날,
드미트리가
집에 올 줄 알았어요.

당신 언니는
그런 사람이니까.

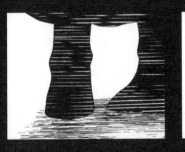

그루첸카가 없어졌는데,
원흉인 사장님을
가만둘 리 없죠.

이크.

어렸을 때 나더러 악마라고 불렀죠.

그 말이 맞네요.

당신이 이대로 죽었으면 좋겠거든요.

기절한 모양이네. 내버려 두면 과다 출혈로 죽으려나.

계획엔 없었지만… 눈에 띄는 곳이니 마르파가 발견하겠지.

그렇다면 이용할 만해.

자기 남편을 해쳤으니
드미트리에게 불리한 증언을
해줄 테니까.

이야,
웬일로
도움이 되네요!

그럼 우선
내버려 두고…

여기서
챙겨야 할 건….

아, 있다.

드미트리의
지문이 묻은
흉기.

너…

지금 대체…

그걸
말이라고…!

쉿.

진짜 재밌는 부분은
여기부터예요.

우연처럼
완벽한 상황에
완벽한 흉기까지
생겼으니

이건 뭐,
크리스마스였죠!

난 신나서
사장님의 서재로
향했어요.

뭐야.

아파서
드러누웠다더니,
벌써 돌아다니냐?

밖에 소동이 좀
있어서요.

예, 좀 쉬니까
괜찮더라고요.

뭔데?

저, 죄송하지만…

보는 눈이
제법 정확하구나.

말만 그렇지,
정말 사장님께
덤비지도 못할 테고요.

그래,
내 딸은 겁쟁이니까.

저도 당신의
딸인데요.

뭐?

고아원에서
그렇게 데려왔으니

서류상으로는
딸이잖아요.

난 어때요,
아빠?

아빠를 죽일 수 있을 만큼
용감해 보이나요?

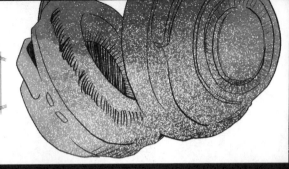

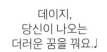
데이지,
당신이 나오는
더러운 꿈을 꿔요.♩

당신이 창문에 서서
흐느낄 때♬

그 예쁜 어깨가
외로움에 흔들릴 때♪

그건 나를
웃게 만들었죠.♪

그게 다예요.
시시한 죽음이죠?

이반,
당신을 위해서….

넌 미쳤어.

난 제정신이에요.
사람들은 자기가 이해할 수 없으면
미쳤다고 매도하죠.

당신이 원했지만 하지 못한 걸
대신 했을 뿐이에…

아니.

65

넌 그냥
과대망상에 사로잡힌
살인범이야!

네 범죄에
날 갖다 붙이지 마.

널 당장
경찰에 끌고 가서…

이반.

진짜 망상에 빠진 게
누구죠?

아직도 자신은
무고하다고
생각하세요?

무고하다고요?

아니요..

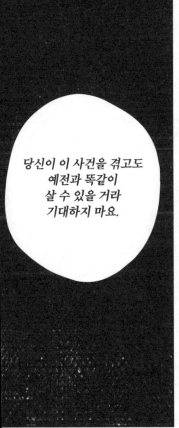

당신이 이 사건을 겪고도
예전과 똑같이
살 수 있을 거라
기대하지 마요.

모든
까라마조프가
그가 죽길
바랐잖아요.

누구도 그 책임에서
자유로울 수 없어요.

드미트리도, 당신도,
알렉세이도, 나도.

매일 생각하세요.
당신들의 삶은
이제 통째로 바뀌었고

그건 모두
내 덕분이라는 걸.

44

조　우

날이 밝는 대로
경찰을 부를 거야.

이반.

이반!

난 당신한테
헌신했어!

후회할 거야!

영원히
지금 일을
후회할 거야!

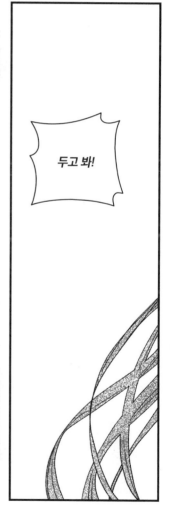

두고 봐!

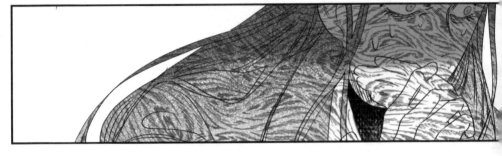

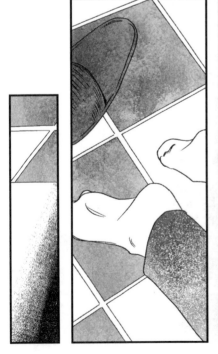

욱해서 질러놓고
도망쳤지만

경찰에 신고해도
처벌할 방법이 없어.
증거가 없잖아!

그놈이
자백할 리도 없고.

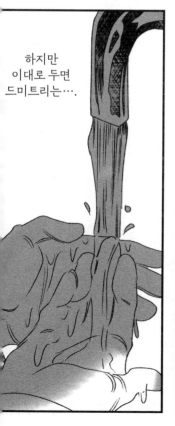

하지만
이대로 두면
드미트리는….

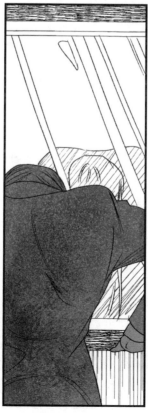

뭘 고민해?

그럼 그 유산은 전부 네 차지야.

철퍽

젠장.

피곤하니까 헛것이 다 보이네.

냉정하게
생각해 보자.

나만 입 다물면…

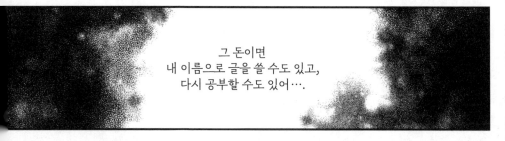

그 돈이면
내 이름으로 글을 쓸 수도 있고,
다시 공부할 수도 있어….

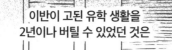
이반이 고된 유학 생활을
2년이나 버틸 수 있었던 것은

그곳이
고향과는 다르리라는
기대 때문이었다.

그 학회는
인맥 없이 들어가기
힘들지 않아?

괜찮아, 아버지 친구분이
추천서를 써주신대.

하지만 공부를 하면 할수록
그곳에 대해 알아가면 알아갈수록

부족한 시간을 쪼개 일을 하고,
장학금에 목을 매어도─

부정적으로
생각하지 말자.
과외 알바 늦겠다.

자신에겐 기회가
돌아오지 않으리라는
확신이 생겼다.

망나니 언니의
연락을 받은 것은
그즈음이었다.

아버지가 선심 쓰듯
주는 돈은
필요 없어!

너는
그 아버지의 집에서
먹고 살고 있잖아.

그 인간 돈으로,
별 노력도 없이
매일 흥청망청.

사실은 네 같잖은 연애사나
한심한 고민 따위
알고 싶지 않아.

난 그럴 여유가….

이반?

목구멍 끝까지 올라온 말을
삼킨 이유는
드미트리를 배려해서가 아니라,

듣고 있어?

아…

이렇게나 꼬아 들을 정도로
내가 지금 지쳐있구나.

뭘 위해서
아등바등하고 있지.

그래.

도와줄게.

한 번 스스로를 초라하게 느끼니
계속해 나갈 마음이 들지 않았다.

고향으로 돌아가던 날은
날씨가 좋았다.

자퇴 후 기차를 타고서야
자신이 무슨 짓을 했는지
실감이 나기 시작했다.

언니의 부탁을 핑계 삼아
도망치고 있어.

배움의 끝에
아무것도 없을까 봐
두려워서.

더 이상 학비에 벌벌 떠느라
과외를 하지 않아도 된다.

밤새 과제를 한다고
코피를 쏟을 일도 없다.

다음 주엔
로마의 황제들에 대해
배우기로 했는데.

악명 높은
철학 수업 준비도
해야 했고.

학교는 분명
이반의 일상을
버겁게 만들었지만

동시에 그 모든 고통을 감내할 만큼
사랑하는 것이기도 했다.

앞으로
그런 책들을 읽을 기회는
없을 것이다.

이반은 똑똑해서,
가난한데도 머리는 좋은 계집애라서
제 앞에 뭐가 있는지 알았다.

한없이 사랑하지만,
끊임없이 상처 주는 가족을 향해.
꿈을 내팽개치고 소돔으로 ….

돈만 있으면
그 모든 걸 다시 시작할 수 있어.
잘못된 선택을
바로잡을 기회야.

어차피 스메르쟈코프가
범인이란 증거도 없잖아.
고발해도 승산이 없다고.

그런데…

그게 언니를
팔아넘기는 것과
뭐가 다르지.

예전부터
말이야.

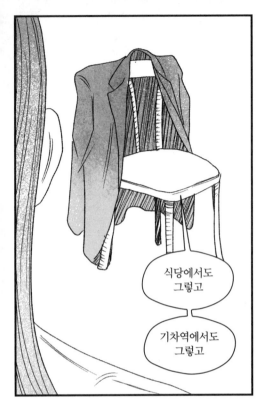

식당에서도
그렇고

기차역에서도
그렇고

아가씨는
생각이 많아서
탈이야.

다,

당신…

당신 대체
뭐야?

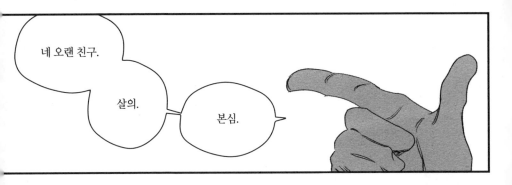

SISTERS KARAMAZOV

내가 드디어 미쳤군.

아니지, 이반.

넌 항상 미쳐가고 있었어.
세상이 널 괴롭히니까.

집어치워.
네가 무슨 말을 할지
이미 알아.

혼잣말이거나….

너는 내 눈에 낀
먼지 같은 거야.

머리가 아파….

너도 유전병이
있는 거야.

찬바람을
쐬어야겠어.

네 엄마처럼.

어때,
뇌가 녹는 것
같지?

닥쳐!

산책만 해도…
네깟 놈은 사라질 텐데.

소꿉친구에게
말이 심하네.

신경병이 도질 때마다
날 만났잖아?

넌 그냥 내 오랜 병이야.
두통에 딸려 오는 허깨비.

의사야 그렇게
말했겠지.

그런데 넌 날 실제로
보는 것 같은데?

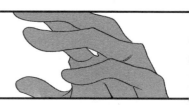

내가 지금 뭘 보고 있는지
말해줄까?

젊고

재능 있고

열정 또한
가득한데

제 삶 하나 못 다스리는
치기 어린 작가.

말해봐,
'대심문관'의 결말은
왜 쓰지 않지?

신의 아들을
불태우지 그래?

하.

웃는군.
웃는 건
좋은 조짐이지.

자칭 악마란 놈이
신을 운운하니 기가 차서.

섭섭하게
왜 그래?

난 쫓겨난 천사야.
사람들을 사랑해.

사랑한다고?

정말 그래.
이렇게 같이
있는 게 좋아.

쪽♡

여긴 체계적이고,
고통이 있지.

지상의 현실감이
좋아.

또 화내는군.

어릴 때 귀엽더니 화만 늘었어.

지식에만 관심이 있고 이웃에겐 무신경하지.

자신에게 좀 솔직해져 봐.

스메르쟈코프가 네 꿈을 이뤄줬는데

넌 그런 은인을 밀어냈지.

상처받은 미친놈이 무슨 일을 저지를지 두렵지도 않아?

드미트리는
또 어때?

가엾은 언니를 변호하긴커녕
은화 30전에 팔아넘길까
고민하다니.

아, 혹시 언니의 약혼자를
여전히 사랑해서 그런가?

죽여버릴 거야!

내가 허깨비라면서
어떻게 죽인단 거야.

이반
아가씨?

무슨 일이세요?
쿵 소리가 들려서…

……?

쿵

쿵

섬뜩

세상에.

세상에···

이러지 마.

알료샤는
머리를 잘랐어.

이 망할 새끼야.

아프잖아.

언니···

아~.

그건
몰랐네.

그러고 보니 말이야.

넌 알료샤마저
어려워했지.

꼿꼿하고
용감한…
너와 근본부터
다른 아이니까.

스메르쟈코프가
왜 네게 끌렸는지,
왜 네게만
진실을 말했는지 알아?

넌 결국
그놈과 동류거든.
네 동생이 아니라.

아니야….

알료샤라면 진실을 알자마자 곧장 드미트리에게 달려갔을 텐데.

넌 그러지 않았지.

계산적인 놈이니까.

그게 네 고질병이야. 생각은 많은데 실천을 안 하는 거.

사랑하는 알료샤에게 이 일을 상담할 수 있겠어?

응?

언니.

언니.

손대지 마!

제발….

괜찮아?

마르파가 내게 연락했어.

언니가 밤새 심상찮았다고….

식은땀 좀 봐! 이마가 불덩이 같아.

…너는,

진짜야?

무슨
소리야?

일단 눕자.
좀 쉬어야 해.

물수건을
가져올게.

알료샤.

아무리 마르파의 연락을
받았어도 하룻밤 새
여길 올 순 없을 텐데.

너 누구야?

그놈이지?
또 나를 놀리려고…

아.

내가…
아파서 헛소리를.

내 정신 좀 봐.

차라도 한잔
마시겠니?

…언니,

언니가 이렇게
아픈 줄 몰랐어.

못 알아채서 미안해.
미안해, 언니.

왜 나쁜 일은
연달아 벌어질까?

…

나쁜 일?

내가 일찍 올 수 있었던 건,
마침 집으로 돌아오던 길에
마르파의 연락을 받아서야.

안 그래도
전할 소식이
있었거든.

무슨 소식?

지금은 들을 상태가
아닌 것 같아.
언니, 우선 좀 쉬고…

알료샤, 제발.

널 울리는 것이라면
나도 알 자격이 있어.

46
그녀는 가을 야
그 내 그 거

HOTEL RIVER GLEN

예약하셨나요?

아니요.
당일 숙박은
안 되나요?

그럴 리가요.

시티 뷰가 남아있는데
괜찮으실까요?

상관없습니다.
허기가 지는데
식사 가능한가요?

레스토랑은
18층에 있습니다.

아니요.
방에서 먹고 싶어요.

아, 룸서비스라면
자정까지
이용할 수 있습니다.

뭐지?

좋네요.

기다리기 싫으니
곧장 주문하죠.
스테이크 됩니까?

네에….

쫓기듯
자기 말만…

특이한
손님이네.

그럼 1208호로…

아.

욕조도
있어야 해요.

한 번쯤

써보고 싶어서.

1208

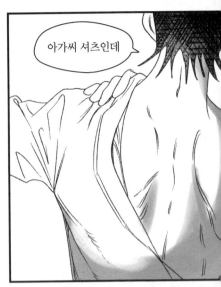

아가씨 셔츠인데

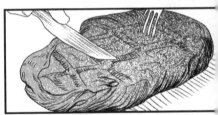

나한테 더
딱 맞네요.

··· 아무래도 내가 너를 잘못 봤나 봐.

네가 원하는 걸 주고
헌신하면

넌 나를
알아보게 되고

결국 나를
좋아할 거라고
생각했어.

사람의 마음은
왜 이리 얻기
어려울까?

......

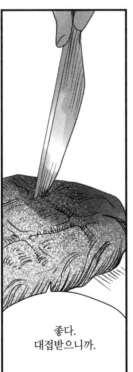

좋다.
대접받으니까.

내가 정말 받고 싶던 건
네 이해뿐이었는데.

난 너의 유일한
이해자야.

앞으로도
유일무이할 테고.

네가 가장 원하던
선물을 줬는데도
귀한 줄 모르니…

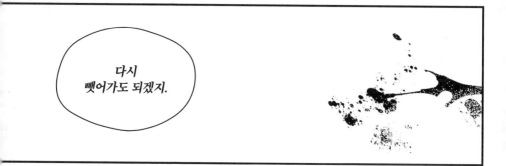

다시
뺏어가도 되겠지.

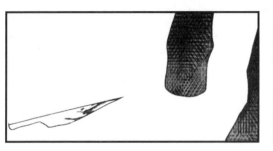

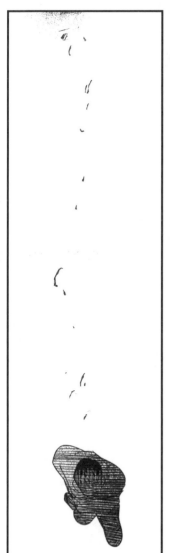
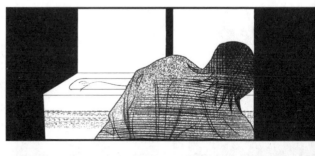

첨벙

음.

*까라마조프: kara(검다)+ mazat(칠하다)의 합성어

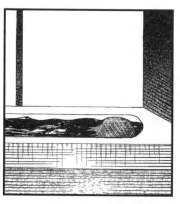

이상하게 여긴
호텔 직원이
욕조에서 시체를
발견했다고….

탁자에 유서를 남겼더래.

신분증과 연락처를
여기 둘 테니
까라마조프 가에
연락해 달라.

내 뜻으로
목숨을
끊었을 뿐이다.

누구의
잘못도 없다.

…언니, 괜찮아?

저 녀석부터 내보내 줘.
아까부터 계속 빈정거리잖아.

뭐?

언니, 이 방엔
아무도 없어.

눕자.
열 때문에 정신이 없나 봐.

아하, 네가 오니
숨은 게로군.
널 겁내나 보다.
넌 천사니까….

대체 무슨 소리야?
누가 왔었어?

악마
말이야!

밤새 저러셨어요.
방에서 혼잣말을…

마르파!

난 혼자가
아니었다니까!

이제 좀
진정됐어?

겁나게 만들지 마….

알료샤.

너도 무서우면서
끊임없이
남을 위로하고
다니는구나.

하지만 말이다.

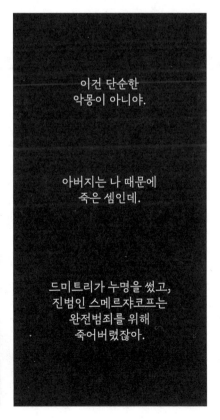

이건 단순한
악몽이 아니야.

아버지는 나 때문에
죽은 셈인데.

드미트리가 누명을 썼고,
진범인 스메르쟈코프는
완전범죄를 위해
죽어버렸잖아.

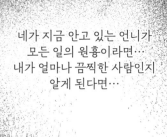

네가 지금 안고 있는 언니가
모든 일의 원흉이라면…
내가 얼마나 끔찍한 사람인지
알게 된다면…

넌 어떤 표정을
지을까?

참, 언니.

마음을 단단히
먹어야 해.

드미트리 언니의 재판이
사흘 후로 잡혔어.

카체리나 씨가
변호사를 구해주긴
했지만

여론부터 증거까지
상황이 압도적으로
불리한 건 맞으니까…

…… 알료샤.

그런데도
드미트리를 믿어?

난 언니를
믿어.

덜 끔찍해지기로
나랑 약속했으니까.

드미트리 언니뿐만
아니라,
이반 언니도.

덜 끔찍해지도록,
이라고….

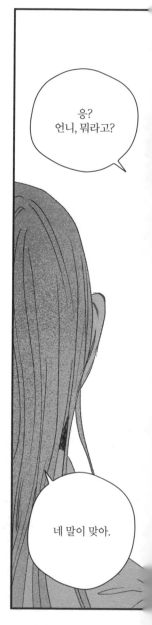

응?
언니, 뭐라고?

네 말이 맞아.

"뭐가 그렇게 무서운 거야?
언니 지금 겁먹었잖아."

늦기 전에
면회를 가보라고
했지?

언니에게
해야 할
얘기가 있어.

왜 울어.

드미트리를
만나봐야 해.

47

역 풍

드미트리요?

잠시 기다리세요.
먼저 면회 온 손님이
있어서요.

누가
온 거지?

아, 지금 나오시네.

매일같이
찾아오시지
뭡니까.

아,

저…

저기.

이 사람,
설마….

직접 보는 건
처음이네요.
드미트리의
여동생이시죠?

저,
그루첸카입니다.

… 괜찮으시면
커피 한잔
사도 될까요?

죄송합니다.
근처에 카페가
없어서….

됐어요.
격식 차릴
사이도 아니고.

알료샤보다 고작
두 살 많다더니….
덩치만 크지,
애잖아.

눈가가
다 짓물렀네.
얼마나 운 거람.

…당신 아버지에게
이런 말은 미안하지만

범인이 누구든
언젠간 살해당할
사람이었어요.

…둘이
사업 파트너
아니었나요?

겪어봤으니
하는 말이에요.

지독한 사람이었잖아요.
자녀라면 더욱 잘 아실 테고요.

기껏 불러놓고
죽은 사람 험담이라니,
시간 낭비 같군요.

……

벌써 최악의 경우를 각오하곤
이제 찾아오지 말래요.
그런데 말이 안 되잖아요.

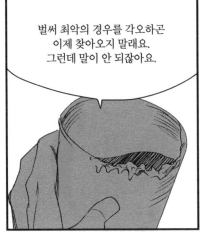

드미트리는
무기징역이 나와도
항소하지 않겠다더군요.

드미트리가
진범일 리 없어요.

표현이 투박할 뿐,
나 같은 놈에게도 모든 것을 내주는
상냥한 사람인데….

당신은 언니와
불순한 사이잖아요.
세상 사람들 모두가 알아요.

판사가 당신 같은 눈으로
드미트리를 보진
않을 겁니다.

나도
알아요.

그래서 당신에게
부탁드리는 겁니다.

드미트리를 위해
증인이 되어주세요.

세상은 남의 약혼자를 사랑하는
저 같은 놈보다야

당신처럼 고결한 분의
말을 신뢰할 테니까요.

제발 드미트리가
살인을 저지를 사람이
아니라고
증언해 주세요.

…이 사람,
언니랑 닮았네.

자존감이
낮은 점도,

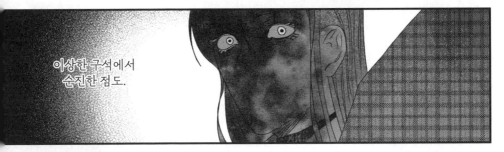

이상한 구석에서
순진한 점도.

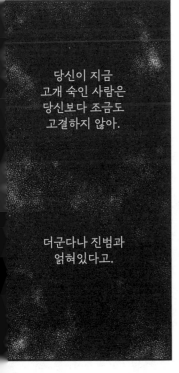

당신이 지금
고개 숙인 사람은
당신보다 조금도
고결하지 않아.

더군다나 진범과
얽혀있다고.

시간을 뺏어
죄송합니다.

모쪼록
부탁드려도
될까요?

…언니와
의논해 보고요.

오는 길에
그루첸카를 만났어.

그래?
좀 어때 보이던?

...

많이 울더라.

네 앞에서도 울었어?
하여튼 애라니까.

넌 언니가
수감되어도
안 우는데 말이야.

드미트리.

항소하지
않겠다니
무슨 소리야?

아, 젠장.
그루첸카가
일러바쳤군?

......

변호사도 날 이미
범인 취급하던걸.

정당방위로 형량이나
낮춰보자더라.

죽이지
않았다며.

어라,
네가 나를
다 믿는구나?

언니.

이반, 나는 아버지를
죽여버리겠다고
여러 번 다짐해 왔어.

실제로
그럴 뻔한 적도 있었고.
화를 주체 못 하고
이웃에게도 번번이
주먹을 휘둘렀지.

살의를 품고 다닌 것만으로도
죄를 지은 셈이야.

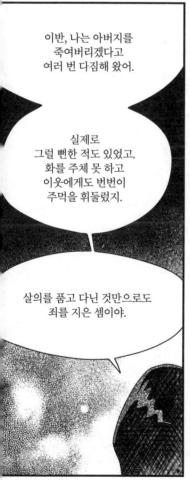

업보이자
운명이 찾아왔나 봐.

나 같은 야만인은
호되게 한 방 맞아봐야
정신을 차릴 테니까….

나 대신 알료샤나
좀 달래줘.

그런 논리라면
까라마조프의 모두가
살인자야.

인마,
무슨 소리야.

넌 나보다
나은 사람이잖아.
언제나 그랬어.

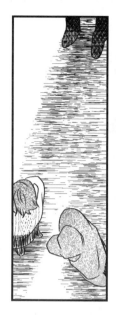

알료샤 양.

여기서 다 뵙네요. 당신도 재판 준비로 왔나요?

아.

카체리나 씨!

언니의 변호사를 구해주서서 감사합니다.

고개 숙이지 마요, 할 수 있는 일을 한 것뿐인데, 감사할 필요는….

?

고마운 건 고마운 거니까요.

참 보기 드문
사람이라니까.

이반이 왜 당신 이야기를
그토록 했는지 알 것 같네요.

최근에
만나보셨나요?

…저기,

이반 언니요.

이 파일, 절대로
공개하면 안 돼요.

비밀로 해줘요.
날 봐서라도요.

우리가
아직 친구라면

내게 마음이
남아있다면, 제발….

아니요.

못 본 지 좀 됐네요.
그녀는 잘 지내나요?

언니가
많이 아파요.

마음이 너무 답답한데,
털어놓을 사람도 없어서….

그게요…!

네?

아프다뇨?
자세히 말해봐요.

저…

139

저희 자매는
어머니에게 물려받은
신경병이 있어요.

어릴 땐 제가 쇠약한 편이라
유독 병세가 두드러졌지만.

언니도 종종
환각을 보기 시작하면서
같이 진찰받았어요.

의사가 말하길
달리 고칠 방법은
없다더군요.

어머니처럼 뇌막염으로
악화되지 않으려면,
최대한 스트레스 상황을
피해야 해요.

그래도 일상생활이
불가능한 정도는 아니라
여태까진 괜찮았어요.
그런데 그날, 그날 언니는…

그렇게까지 현실과 헛것을
구분 못 하는 언니는
처음 봤어요.

어쩌면 벌써
어머니처럼 언니도….
그렇게 생각하니
무서워서….

그런…

마음 같아서야 당장이라도 입원시키고 싶죠!

병원에는 가본 겁니까?

언니마저 잃고 싶지 않아요.

그런데 재판만은 끝까지 보겠다고 고집을 부려요.

자기가 반드시 그 자리에 있어야 한다면서….

걱정이에요. 언니를 불안하게 할 수 없어서 알겠다고는 했지만…

재판 중에 스트레스를 받아서

병세가 더 악화되기라도 하면…

아.

내 정신 좀 봐.

마음이 어수선해
괜한 말을 꺼냈네요.

하소연해서 죄송해요.
카체리나 씨의 일도 아닌데⋯⋯.

아니요.
솔직하게 알려줘서
고맙습니다.

이반이
아프다니….

who murdered?

48

꼬리잡기

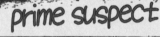

prime suspect

착석해 주십시오.

사건 번호 1111-1231호,
피고인은
드미트리 표도로브나
까라마조프입니다.

재판 시작합니다.

배심원 여러분,
피고인은 부친 살해 혐의로
기소되었습니다.

리즈!

와줘서 고마워요

당신 일에
제가
어떻게
빠져요.

리즈...

감동하느라
기력 빼지 말아요
오늘 재판은
쉽지 않을 테니까

그게….

집행관, 증인은 모두 출석했습니까?

증인 스메르쟈코프가 자살했다고 경찰에게 보고받았습니다.

뭐라고요?

…그놈도 뒈졌다고?

진정해요. 그런 표현은 여론에 좋지 않습니다.

의뢰인이 아직 절 믿지 않는 건 알지만…

최선의 결과를 따낼 테니 협조해 주세요.

…다음 증인부터 들여보내세요.

… 선서.

사실 그대로 말하며, 만약 거짓을 고할 시 위증의 벌을 받기로 맹세합니다.

마르파….

저 뺀질이 검사가 처음부터 헐뜯으려고 작정했군요.

사람을 피 말리기로 유명한 놈입니다. 가급적 동요하지 마세요.

어린 피고를 증인이 키웠다고요?

예, 외가 친척이 데려가기 전까지 몇 년간 저희 부부가 자식처럼 키웠습니다.

이야, 그것참 각별하겠습니다

한데 바로 그 피고가 증인의 남편을 죽일 뻔했고요.

으앙

으앙

젠장.

머리를 후려치고는 피 흘리는 남편을 그대로 방치했습니다.

조금만 늦게 발견했다면…

고의성이 다분하군요!

여러분, 피고는 부모 같은 이를 죽일 뻔한 인간입니다.
부친을 살해했단 혐의로 기소되었고요.
이렇게 명백한 사건이 어디 있을까요.

이의 제기합니다.
검사는 지금 사건의 인과를
흐리고 있습니다.

증인에게
묻죠.

증인이 저희보다 피고를
잘 아실 테니까요.

피고가
친부를 죽일 수 있는
인간이라 생각하십니까?

어쩌면요.

149

동요하지 말래도요.

변호사님,
저도 제 잘못은 압니다.
그레고리 일에 대해선
평생 속죄할 생각이에요.
다만……

저는 두 번째
어머니에게도
버려졌군요.

피고의 포악함에
희생당한 이들은
이뿐만이 아닙니다.

스네기료프 씨를
증인으로 신청합니다.

그는 대낮의 거리,
그것도 아들의 눈앞에서
피고에게 얻어맞았습니다.

인간 말종
아니야?

피고는 노인에게
손찌검을 일삼는…

죄송합니다.

증언을 거부합니다.

네?

말씀하신 제 아들,
일류샤의 유언을
지키기 위해서입니다.

일류샤는…
드미트리를 용서하겠다고
했습니다.

그리고 더없이
편안한 표정으로
눈을 감았죠.

저로서는
사랑하는 제 아들을
배신할 수 없군요.

이상입니다.

…유언?

콜랴와 일류샤를 찾아갔던 날,
그 애의 마지막 잠을 지켜봤어요.

조시마 장로님도,
그렇게 편안히 잠드셨으면
좋았을 텐데….

눈령

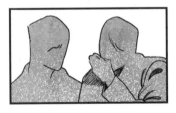

배심원들이…
아까보다 누그러졌어요.

기회군요.

흐름을 뒤집을 수도 있겠어요!
확실하게 호의적인 증인이
나와준다면…….

드미트리 양,
예쁘장한 얼굴로
다 끝난 것처럼
울지 마세요.

저 시건방진
어린놈 콧대 좀
눌러볼까요.

변호사 측,
증인 신청합니다.

타 지역 병원에 계셔서
모셔 오기 힘들었지만,
드미트리란 말에
출석해 주셨습니다.

증인, 피고와는
어떤 관계입니까?

어린 피고와
여동생을
도와준 적이
있습니다.

?

어머,
기억 못 하나?

내 지갑도
찾아줘 놓곤.

이의 있습니다.
어릴 적 이야기는
본 사건과 무관합니다.

무관하다뇨?

검사 측은 피고가
극악무도하다
했지요?

저는 피고의 심성에 대한 검사 측 주장을 반증할 뿐입니다.

게다가 유년기를 먼저 들먹인 건 검사 측일 텐데요.

저 너구리가….

증인이 지켜본 피고는 어땠나요?

이의 기각합니다. 변호인, 계속하세요.

작은 야생동물 같았습니다.

그건 부모가 있는 아이의 모습이 아니었어요.

잘못을 바로잡아 주는 어른이 없었단 뜻입니다.

제가 본 유년 시절의 드미트리는
신뢰와 격려를 받지 못하고 있었습니다.
어린아이라면 응당
누려야 할 것인데도요.

하긴 그래.

아내와
자식들만
가여웠지.

천성이 나쁜 게 아닙니다.
문제는 학대하는 부모였죠.

이 마을 사람이라면
표도르 까라마조프가
어떤 인간인지 다들 아실 겁니다.

여러분.
그렇습니다.

정말로,
어떤 부모는
재앙에
가깝습니다.

검사의 질문을
빌려보죠.

증인, 피고가 살인을 저지를
사람이라 생각합니까?

아니요.

쟤가 죽이긴
뭘 죽여요?

증인,
어릴 때 본 게 다면서
어떻게 확신합니까?

피고는 지금
살해 혐의로 기소당한…

드미트리는
그런 열악한 환경에서도
선한 사람이
되고 싶어 했습니다.

동생들에게
좋은 언니가 되려 했어요.
의지가 확고했죠.

이상입니다.

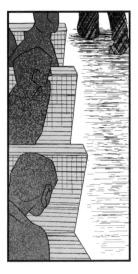

이대로만 가면…

판사님, 검사 측
증인 신청합니다.

해당 증인은
피고와 무슨 관계지요?

피고의
여동생입니다.

벌떡

알료샤!

존경하는 판사님,
이반 언니는 증인으로
적합하지 않습니다!

법원이 채택한 증인입니다.
방청석 소란은 퇴정 사유가 될 수 있으니
주의해 주세요.

하지만…!

알료샤,
자리에 앉으렴.

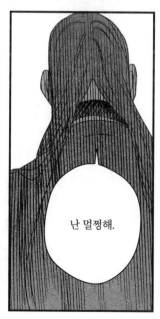

난 멀쩡해.

증인, 선서를…

제가
이 자리에 선 건

진범을 고발하기
위해서입니다.

아버지를 죽인 건
스메르쟈코프입니다.

정숙!
정숙하세요!

증인,
지금 본인이
무슨 말을 하는지
알고 있습니까?!

웅앙성

웅앙성

웅앙성

사주를 받아
살인을 저질렀으니,
교사자도 함께
처벌받아야 할 사건이죠.

제가
그 공범입니다.

이 살인은
저 때문에
벌어졌단 말입니다.

49

가 십 걸

웅성

하아….

…제 말을
안 믿는군요?

증인, 식은땀부터
닦으시죠.

몸이 정말
안 좋아 보이는데요.

증언과
상관없습니다!

아니요.

신빙성의
문제입니다.

사건 현장에서 거금이 사라졌고,
돈이 궁하다던 피고가
다량의 현찰을 소지한 채 체포되었죠.

흉기에선 보란 듯
피고의 지문이 나왔고요.

이 모든 게
우연이란 말입니까?

전부 스메르쟈코프의
계획이었습니다.

녀석이 제 앞에서
범행을 인정했어요!

가만히 있으면
피고가 덮어쓸 텐데,
자백 후에 자살까지
했다고요?

그러게.

말이 안 되지 않나?

… 내게 복수한 거죠.

보세요.

카산드라의 예언은
아무도 믿어주지 않았대.

아폴론이 그녀를 사랑해
예지력을 선물해 줬지만
거절당하자 저주를 걸었거든.

참 끔찍한
저주아,
그렇지?

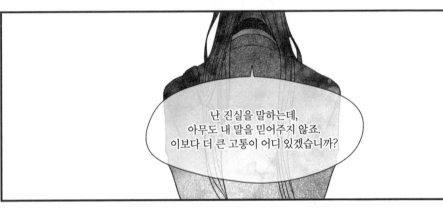

난 진실을 말하는데,
아무도 내 말을 믿어주지 않죠.
이보다 더 큰 고통이 어디 있겠습니까?

이반….

지금 누가 누굴
걱정해?

다들 날 과대망상증
환자로 보는군.

그놈의 증거, 증거….

좋습니다.

어차피 빈손으로 나와 설득할 생각은 아니었으니까.

그게 뭡니까?

직접 세보시죠.

사라진 금액과 일치합니다….

증인, 대체 이 돈을 어디서…?

자, 현장에서 사라진 현금입니다.

스메르쟈코프가 자살하러 떠나기 전 제 책상 위에 올려놓고 갔더군요.

이 돈으로 학교에 돌아가거나 제 이름으로 책을 낸란 겁니다.

미친 새끼….

꿈뻑

말했잖아요. 내가 부추겼고 그 녀석이 저질렀습니다.

… 증인?

하긴…

아버지의 죽음으로 우리 집안의 문제가 전부 해결되었으니 싸게 먹혔죠.

뭐 저런 패륜아가...

패륜이요?

여러분은 한 번도
부모를 죽이고 싶었던 적이 없습니까?

증인,
제정신으로 하는
말입니까?

멀쩡합니다.

가식들 떨지 마세요.
다들 흉악한 생각을
감추고 살잖습니까.

이번 사건은
늘 갖고 다니던 주머니 속 송곳이
우연히 튀어나왔을 뿐입니다.

고작 이딴 일로
호들갑 떨다니
우습지도 않군요.

**귀담아
듣지 마세요!**

여러분, 이반 언니는
지금 몹시 아파요.

고열 때문에
마음에 없는 말을
하는 거예요.

애야,
애써 변호할
필요 없다.

부디
양해해 주세요.

늘 생각해 왔던 거야.
너도 실은 아버지가
밉지 않았니?

저 사람들이
이해 못 한들 상관없어.
하지만 우린 알잖아.

까라마조프의 딸들은
늘 참고 살았으니까.

사람이 너무 참다 보면
이상해진다지?

남들 눈에
우리는 이미 어딘가
미친 여자들일 거야….

증인,
소동을 멈추고
증언대에서
내려가 주세요.

당장!

내가 왜?

사건의 진상을
밝히려고 이 자리에
모인 것 아닙니까?

**내가 못 미덥다면
스메르쟈코프라도
저승에서 데려올까요?**

아니, 아니지.
날 도와줄 증인이
한 명 더 있습니다.

…그게 누구죠?

171

악마 말입니다!

노숙자 꼴을 한 데다
얼굴까지 수시로 바꾸는 놈이죠.

분명 여기에 앉아있을 텐데….
날 놀리길 아주 좋아하거든….

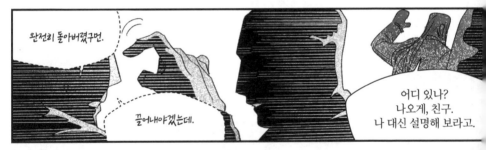

완전히 돌아버렸구먼.

끌어내야겠는데.

어디 있나?
나오게, 친구.
나 대신 설명해 보라고.

어.

야,
저 사람….

망할 언니는
풀어주고

대신 날 잡아가….

이반 양은 이 살인과 상관없어요.
뇌염으로 망상 증세가 심할 뿐입니다.

재판이 끝나자마자
병원에 입원할 예정이고요.

지금 자기가
무슨 말을 하는지도 몰라요.

카체리나.

무슨 소리야?
그건 공개하지 않기로
약속했잖…

당신에게
마음이 남아있다면,
이라고 했죠?

그래서,

그래서 당신을
살려야겠어요.

증인,
퇴정하세요.

카체리나!

이거 놔!

왜 항상…!

사람을

비참하게 만들어….

카체리나 씨.

증거 은닉 혐의로
추후 조사받을 수
있습니다.

각오했습니다.

분명 당신도
사전 채택된
증인이었지요.

이반 양 대신
증언할 수 있겠습니까?

네, 물론입니다.

15분간 휴정 후
재개하겠습니다.

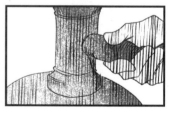

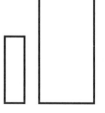

아~
생각할수록
희한하네.

뭐가?

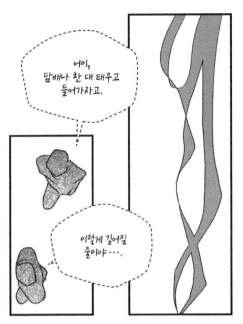

어이,
담배나 한 대 태우고
들어가자고.

이렇게 길어질
줄이야….

너 내가 기자 생활
몇 년 차인지 알지?

저 도련님,
어지간하면
얼굴 안 비추기로 유명해.

공식 석상에도
제 아빠 따라 나올까 말까….
취재 난이도가 별 따기라고.

아, 그나마
연애 놀이 할 땐
무방비하길래
재미 좀 봤지.

사생활 캐서
기사 쓴 게
자랑이다!

아무튼,
저렇게 눈에 띄는 행동을
할 사람이 아니라니까.

뭐랄까, 심하게
필사적이잖아?

약혼자가 살인범으로
기소됐는데 당연하지.

바로 그게 이상하단 거야!
보아하니 피고에게
불리한 증언을
할 것 같거든.

게다가

약혼자의
동생과
뭐 그리 각별해?

오히려 둘이
연인처럼
보였다니까….

덜컹

더 화내도 돼요.

지금부터

당신 언니에게
심한 짓을
할 거니까.

미안해요.

50

Burn The Witch

?

…저기,
괜찮으세요?

세상에.

옷까지 다 젖고….

…

난 괜찮아요.

커피를 쏟으셨나 봐요.

일부러 사람이 없는
시간대를 골랐는데
승객이 있을 줄 몰랐네요.

이것도 인연인데
말동무나 할까요?

안드레이
입니다.

드미트리입니다.
타지에서 오셨나 보군요.

러시아어는
아예 못 하나요?

그쪽 영어 실력도
썩 좋진 않은데요!

전혀요.
관광객치고는
막무가내죠?

산만하군.
눈치 없긴.

이쪽은
떠들 기분이
아니란 말이야.

아무도 저를
모르는 곳으로
가고 싶었거든요.

당신도 지쳐 보여요.
고된 하루였나요?

난 오늘
사람을
죽였어요.

185

예쁘다….

깜짝 선물을
받은 기분이네요.

저희 여행,
잘 풀리려나 봐요.

나 방금
사람을 죽인 것 같아.

머리를 맞았으니
틀림없이 죽었겠지.

그 사람 피를
전부 뒤집어썼지 뭐야.

이상하지.
돌아갈 수 없어지니
모든 것이 명확하게 느껴져.

삶은 분명 버티다 보면
놀라운 일의 연속이겠지?

난 그걸 내던졌고?

왜 얌전히
너의 아내가
될 수 없었을까?

다들 나를
생각 없고 헤픈 계집이라
여긴단 거 알아.

내 꿈을 말하면
농담 말라며
비웃기 바쁘더라.

어릴 때 내 꿈은
좋은 아내였어.

번듯한 가정을 꾸려서
평범한 사람과
사랑을 주고받고

내 딸을 절대
나처럼 키우지 않는 거….

가만있자,
내가 올해
스물여덟 살인가?

여기까지 살아봤으면
자신이 어떤 녀석인지
대강 알게 되잖아.

오길 잘했어요.

세상엔 작은 것으로도
기운을 차리는 사람이
있는 반면에

너와 나처럼 도저히
만족할 수 없는
사람도 있나 봐.

뭘 원하는지도 모르면서
손에 쥐어야 하는
이기적인 사람들.

나를
사랑하긴 해?

누가 뭐라 욕해도,
난 내가 살아온 방식을 부정 안 해.

…그걸 말로
해야 아니요?

말해야
알지.

그땐
그럴 수밖에
없었으니까….

난 지금 그루첸카를
만나러 가는 중이야.
자수하기 전에
작별 인사를 하려고.

우리, 진작 솔직하게
대화해 볼 걸 그랬나?

아~.
남들은 아마 나를
치정극의 주인공으로 기억하겠지.
그건 좀 싫네.

그래도 넌 알아줘라.
내 삶은 모욕과 명예에
관한 이야기란 걸.

계획대로 안 풀리면
나도 콱 죽어버릴까?

하긴, 넌 이런 농담에
안 웃는 사람이었지.

그런 이야기는
반드시 죽음으로
끝나던데.

자살은 대부분의
문제 해결 방법이잖아.

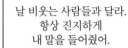

날 비웃는 사람들과 달라.
항상 진지하게
내 말을 들어줬어.

그런 상냥함이 좋았어.

동시에 무서웠고.

그동안
고마웠어.

......
이상입니다.

이것 참….

증인,
아무리 약혼자라지만
이런 자백을 숨기다뇨.

웅성

웅성

제 체면을
헤아려주시죠.

실패한 약혼 생활의
증거잖습니까.

비로소 앞뒤가 명백해지지 않습니까?

자, 피고는 본인의 입으로 살인을 자백했습니다.

범행 직후, 어떤 반성도 없이 내연남을 만나러 가며 약혼자에게 메시지를 남겼죠.

…그건

제가, 피 흘리는 그레고리를 내버려 두고 도망친 후…

그를 죽였다고 착각했을 때 남긴 녹음입니다….

피고.

모든 증거가 피고를 범인으로 지목하고 있습니다.

불리한 우연이 이 정도로 겹친다면

그간의 방탕한 삶에 대한 천벌이라고 하기에 부족함이 없을 것 같군요.

그 증거가 피고의 가족사도 증명합니까?

학대하는 아버지로부터 자신을 지키려는 부득이한 행위였다면

얘기가
달라질 텐데요.

리즈,
저게 무슨
뜻이에요?

형량을
흥정하고 있어요.

다시 말해…

반증이 힘들다 보고
드미트리의 혐의를
인정하려는 거예요….

난 아버지를
죽이지
않았어요.

최선을 노리자고
했잖아요.

중요한 건 진실이 아니라
사람들이 뭘 믿느냐입니다.

… 변호사님이 신경을 쓰는
진짜 의뢰인은 분명
당신을 고용한 카체리나겠죠.
내가 아니라.

하하.

하!

하.

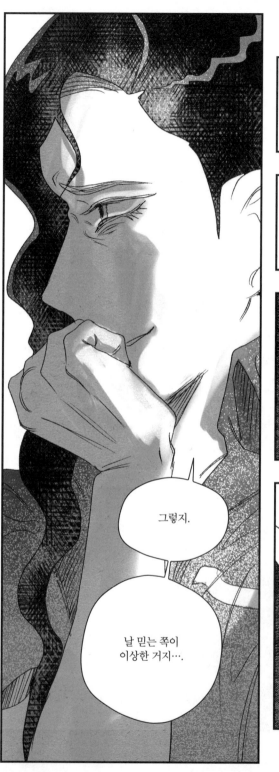

그렇지.

날 믿는 쪽이
이상한 거지….

드미트리.

방청석,
바르게 앉으세요.

우리,
이 재판 끝나면
데이트해요.

재판 결과가 어떻든, 당신은 내가 알고 내가 믿는 드미트리잖아.

왜 안 어울리게 주눅 들고 그래요? 오늘은 그냥 운이 나쁜 날이에요. 다 지나간다고.

너는 좋은 사람이야. 그동안 운이 없었을 뿐이지.

같이 저녁도 먹고 영화도 봐요.

두 시간이든, 이틀이든, 20년이든 기다릴 테니까!

나도 안 믿는 나를
줄곧 믿어준 거,
그대로 되갚아 줄 테니까….

돌아오기만 해요….

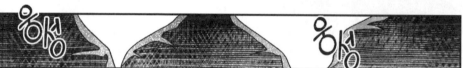

기샅거리는
건졌군.

너는 진짜—!

뭐가
어떻게 되는 거야?

글쎄, 애인이
저렇게까지 말하니
항소할지도….

그럼 아까 그 미친
여동생이 범인인가?
자기가 사주했다잖아?

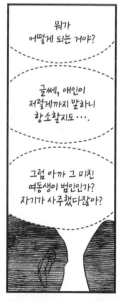

이러나저러나
진창 싸움이네.
재판이 길어질수록
가족만 고통받을 텐데.

언니 둘이 저러니,
막내는 무슨 죄야?

언니….

참 기구한 집안이야.

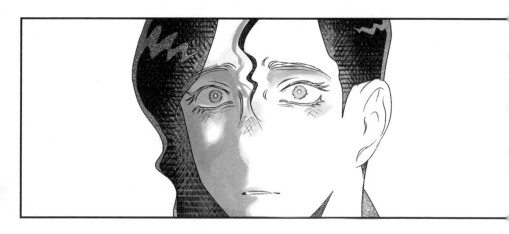

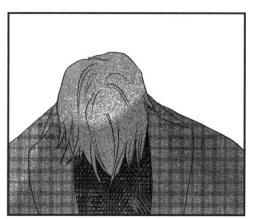

...

판사님.

전부
얘기하겠습니다.

자백을
하겠다는 건가요?

여태껏 나온 증언엔
분명 미심쩍은 부분이
많습니다.

충분히 시간을 들여
재조사를 하는 편이
피고에게 더
나을지도
모르는데요?

아니요. 더 이상
제 주변인을 괴롭히고
싶지 않습니다.

정당방위라면
제 변호사에게 구치소에서
지겹도록 설명을 들었습니다.
정황에 따라 형량이 감경될 수도 있다죠.

언니!

51

종 착 지

여러분도 제 행실을 아실 테지요. 이런 끔찍한 친부 살해 사건에 저 말고 범인이 어디 있겠습니까?

순종적이기만 했던 입양아나

책밖에 모르는 제 동생이 범인이라니,

가당치도 않죠.

이반 양의 주장이
거짓이란 건가요?

카체리나의
말대롭니다.

부친과 지인이
연달아 죽어 충격을 받았죠.
환자가 늘어놓은
헛소리일 뿐이에요.

이반 양이 증거로 제출한
현금은 어떻게
생각합니까?

스메르쟈코프가
미리 빼돌렸겠죠.

아버지를 보좌했으니
금고 번호쯤이야
훤히 알았을 겁니다.

녀석은 늘 이반을 돕고 싶어 했고,
이반에겐 금전적 문제가 있었으니
마지막 호의를 표한 겁니다.

우연의 일치일 뿐
살인 사건과는
무관한 일입니다.

저 말을
진짜 믿는 건가?

아무도 질문을
안 하네.

당연하지.

검사 입장에선
손 안 대고
코 푼 격인 데다

아무래도 다들 같은
생각 중인가 본데요?

선배.

변호사도
정당방위로
형량을 낮추려
했으니까.

아버지를 그렇게 죽여버린 것은
깊이 후회 중입니다.

… 너무 쉽게 죽었죠!
그 인간은 보다
고통받아야 마땅했는데.

그 개자식은
우리 자매를
스무 해가 넘도록
괴롭혔는데도요….

배심원 여러분,
잘못에는 심판이 따릅니다.

나는 이웃에게
폭력을 휘두르고,
늘 아버지를 죽이는
상상을 하던 인간입니다.

지금 이 법정에서
처벌받아야 하는 자가 있다면
저뿐입니다.

......
순 허풍!

알료샤가 전에 그랬잖아요.
드미트리 언니는
거짓말할 때 웃고 본다고.

자기가 책임을
다 떠안으려는 거야.

알료샤,
아까처럼
좀 말려봐요!

헛소리하지 마!

그렇게까지 해야겠어?

네가 뒤집어쓴다고 누가 고마워할 줄 알아?

이반.

너한테
미안한 게 참 많아.

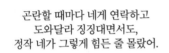

곤란할 때마다 네게 연락하고
도와달라 징징대면서도,
정작 네가 그렇게 힘든 줄 몰랐어.

넌 나와 달리 똑 부러졌고,
뭐든 척척 잘 해내리라 생각했거든.

그게 너한테 책임을
다 떠넘기는 짓이란 걸
그동안 외면했지 뭐냐.

버거웠지?
그래봤자
너도 어린애고
내 동생이었는데.

내 일에
끌어들여서 미안.

이제 언니가
알아서 할게.

무슨 개소리야?
내 선택이었어!

아버지도 안 했던 사과를
네가 왜 해?
내 불행에 네 지분이라도
있는 줄 알아?

내가 널 돕기로 했고,
내가 선택한 삶이야.
전부 내 몫이라고.

네 탓이
아냐!

제일 듣고 싶던
말인데,
이제야 듣네.

그런데 그거 알아?
나도 지금
내 선택을 하고 있는 중이야.

그러니
진정하렴.
알료샤도
가만히 있잖니.

... 언니는
덜 끔직해지기로
나와 약속했어요.

달라지고 싶다면서
시도해 보겠다고.

그리고 그게 무엇이든
저도 기꺼이 돕기로 약속했죠.

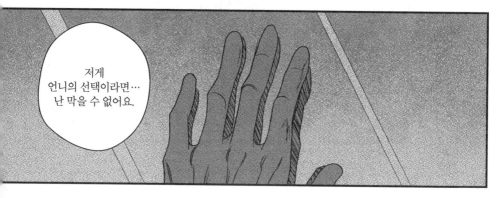

저게
언니의 선택이라면…
난 막을 수 없어요.

그런…

언니가 그 선택으로
감옥에 가게 돼요?

··· 조시마 장로님이
왜 수도원에서 나가라 했는지
이제야 알 것 같아요.

바깥에서
수많은 사람들을 만나며
한 가지 공통점을
발견했거든요.

완벽하게 선한 사람도
악한 사람도 없다는 것.

중요한 건
타인의 평가가 아니라
스스로에게 떳떳하냐죠.

자기 자신을 용납하지 못하면
삶은 산지옥이 되니까요.

언니는 아마…

그동안 휘둘러 온
폭력의 대가를
직시하고
참회하려는 거겠죠.

스스로와 화해하고 싶어서요.

이상, 증거 조사 마치겠습니다. 검사, 구형하세요.

흥기를 포함한 증거가 명백하고, 피고인이 자백까지 한 사건입니다.

어떻게 포장한들 금품을 노리고 친부를 잔혹하게 살해했고요.

그런 자에게 선처라니요? 최소가 무기징역감이지요.

여러분은 저런 범죄자를 사회에 풀어두고도 안심할 수 있습니까?

그런…!

변호사, 최후 변론 듣겠습니다.

피고인이 친부에게
오랜 기간 학대받았다는 것을
간과해선 안 됩니다.

피고는 가해자이기도 하나
피해자이기도 합니다.
더욱이 아무도
도와주지 않았던 피해자죠!

피고의 부친은 괴팍하기로 소문이 났고
까라마조프의 악랄함은 익히 알고 있을 겁니다.
이웃 중 누구 하나 학대를 제지하거나
저 자매를 도운 적이 있습니까?

이 끔찍한 비극은
여기 있는 모두,
우리 사회가 동조한 셈입니다.
부디 사정을 참작해
관대한 처분을 선고해 주십시오.

피고, 마지막으로
하고 싶은 말이 있습니까?

검사님께
감사드립니다.

제가 상처 입힌 사람들이
얼마나 많은지
마주하게 되었습니다.

변호사님께도
감사드립니다.

저도 반쯤 잊고 있었던,
절 처음으로 편견 없이 믿어준
알리나 선생님을 데려와 주셔서요.

세상이 날 학대하니
남들에게도 함부로 굴었는데,

돌이켜 보니 날 믿고
사랑해 주는 사람들은
항상 존재했군요.

내가 여기서
무슨 판결을 받든

날 미워하는 사람들은
날 웃음거리 삼고

날 사랑하는 사람들은
끝까지 믿어줄 테죠?

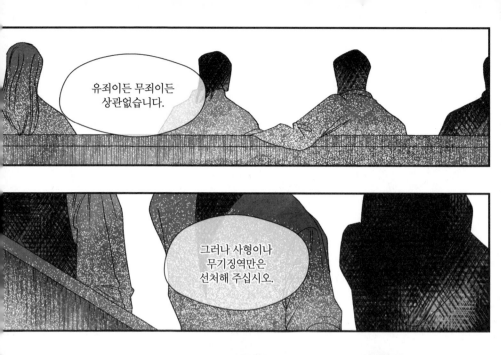

유죄이든 무죄이든
상관없습니다.

그러나 사형이나
무기징역만은
선처해 주십시오.

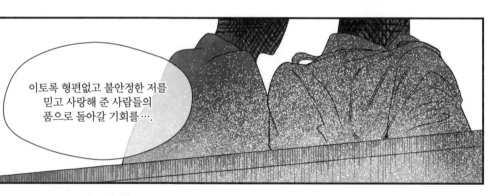

이토록 형편없고 불안정한 저를
믿고 사랑해 준 사람들의
품으로 돌아갈 기회를….

더 나은 사람이
될 가능성을….

이 모든 일에도 불구하고,
제가 사람을 믿게 해주십시오.

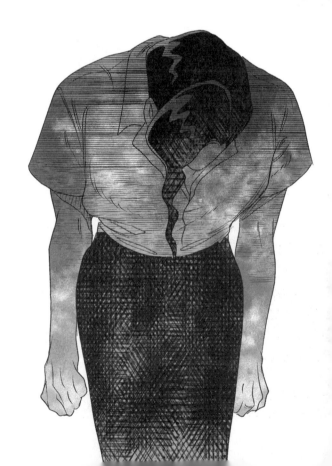

이 늙은이야
호기로운 자가
마음에 들지만,

판결은 사사로운
감정과 다릅니다.

겁먹은 주제에
할 말은
다 하는군요.

피고인은
받아들일 준비가
된 것 같지만요.

드미트리 표도로브나
까라마조프에게

다음의 판결을
선고합니다.

SISTERS KARAMAZOV

52 감상평

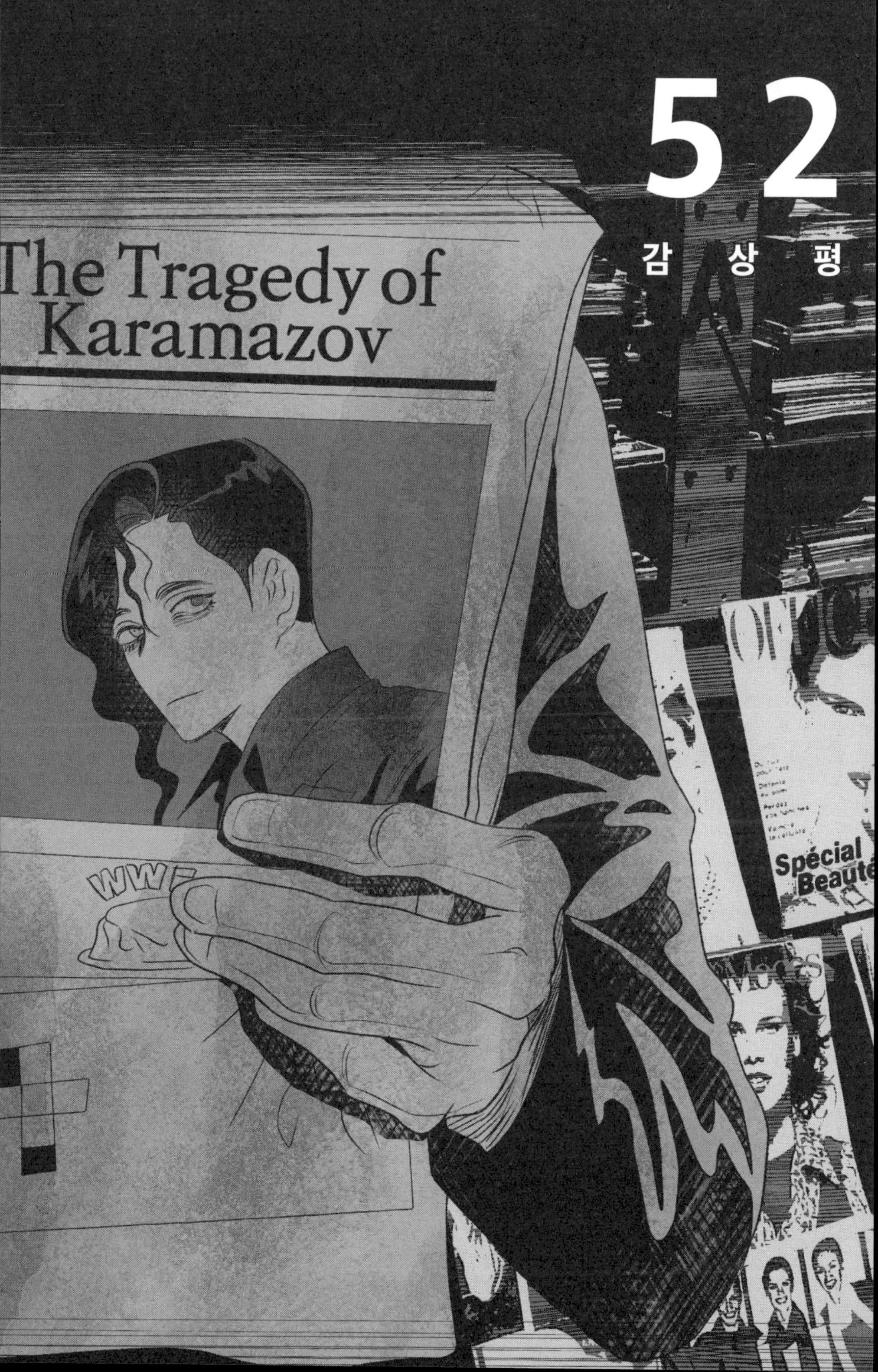

휘유….

여기가 화단 자리 맞지?

겨울도 끝물이구먼. 땅이 다 녹았네.

시간이야 늘 빠르죠.

벌써 세 달쯤 지났나요?

옆집에서 벌어졌던 살인 사건 말이에요.

다 끝난 일이야. 몸도 약한 사람이 그런 끔찍한 일에 매여있지 말래도.

그렇지만….

우리, 재판에도 갔었잖아요.

그 집 애비가 얼마나 악독한지도 알고 있었고요.

당신이 혹 내가 화를 입을까 괜히 얽히지 말자 했던 건 이해하지만,

한 번이라도 학대를 신고했으면 달라지지 않았을까….

판사가 했던 말이 계속 떠올라요….

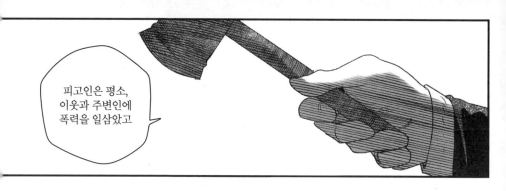

피고인은 평소,
이웃과 주변인에
폭력을 일삼았고

그 죄는 친부 살인이라는
거대한 눈덩이가 되어 돌아왔습니다.

그러나 피고인이
오랜 기간 주변의 무관심 속에
친부로부터 학대당했다는 사실 또한
부정할 수 없습니다.

까라마조프에 닥친 비극은
우리 모두에게
불편한 질문을 던집니다.

학대와 폭력을 방치한 이웃이,
사랑을 실천하지 않은 우리가,
이 가족을 비난할 자격이 있을까요?

227

이 살인에서 피고인으로 서야 할 것은
드미트리 표도로브나 까라마조프뿐만 아니라
사회 전체일지도 모르겠습니다.

검사의 말대로
엄격한 처벌도
필요하지만,

변호사의 말대로
두 번째 기회도
필요합니다.

이것이 오늘날
사법부가 추구해야 할 방향입니다.

여러 사정을 참작하고
피고인의 장래를 고려해 본 결과,
다음의 판결을 선고합니다….

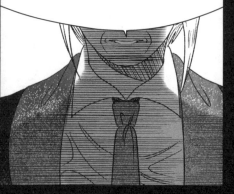

징역 8년?

살인죄 치고는
가볍지 않아?

그 아버지란 작자가
어떤 쓰레기였는지
알잖아.

천만에,
과하지.

딸내미도
마찬가지 아냐?

난폭하기로
유명했잖아.

아니야.
재판 때 봤는데
분위기가
완전히 달라졌던걸.

차분하게
받아들이던데?
꼭 새사람이라도
된 것처럼….

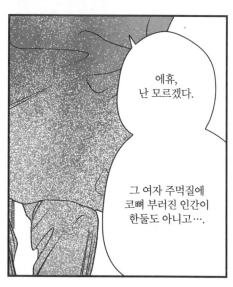

에휴,
난 모르겠다.

그 여자 주먹질에
코뼈 부러진 인간이
한둘도 아니고….

사람이 그렇게
쉽게 바뀔까?

8년이라.

출소하면
서른여섯 살이겠구나.

가만, 그럼 알료샤는
지금 내 나이가
되어 있으려나?

왜 울고 그—

포옥

어이구.

응?

꾸왁

하이고야.

어려서 그런가…
둘 다 왜 이리
눈물이 많아?

그루첸카.

난 이제
가봐야 해.

담당관이 인사를 나눌 시간을
그리 길게 주지 않았단 말이야.

너희 둘 다
우는 얼굴로
배웅할 거야?

언니.

그래. 그렇게.

카체리나.

잠깐만.

얘기 좀 해.

카챠!

...

볼 면목이
없어서….

미안해.

아버지의 말이 맞아.
난 형편없는 놈이야.

당신이 날 선택하지 않은 건
잘한 결정이었어.

방금, 담당관한테
뭐라고 했어?

인사할 시간을 좀 더 주고,
당신을 이송할 때
함부로 대하지 말라고.

있지…

넌 괜찮은 인간이야.

우리가 서로 좀
안 맞았을 뿐이지.

늦기 전에
아버지랑
대화해 봐.

그쪽은
적어도 아직
살아계시잖아.

당신 농담은
연애할 때부터
한 번도 웃긴 적이 없어.

...
이반에게도
인사해야지?

235

아니,
그냥 갈래.

그 앤 나만 보면
화를 내거든.

괜히 병세가 더 나빠지면
어떡해?

그건 네가 멍청한 짓만
골라서 하니까 그렇지.

이반.
데리러
간다니까요.

아니요.

저 멍청이 낯짝 좀
봐야겠어요.

네가 예수야?
왜 남의 죄를 뒤집어써?

어우, 또 잔소리야.

그럼 누가 책임져?
이 편이 나아.
내 잘못도 어느 정도 있고.

8년이 무슨
애 이름인 줄 알아?

별로 길지도
않은데.

답답한 게
죽기보다 싫다고
군대도 뛰쳐나왔으면서
허풍은….

너, 나에 대해
되게 많이
아는구나?

왜 모르겠어?
내 언니인데.

네가 아프긴
아픈가 보다.

안 하던
소리를
다 하고.

몸이나 챙겨.
병원에서 꼭 치료받고.

슬슬 가봐야겠다.

드미트리.

아버지는
죽어버렸고

우린 뿔뿔이
흩어질 거야.

우린 스메르쟈코프의 계획에
놀아난 걸까?

모든 게 상상할 수 있는
가장 최악의 방향으로
흘러가 버린 것 같아.

이젠 더 이상
예전으로
돌아갈 수 없겠지.

결국 난
아무것도…

이반.

죽은 놈이 산 사람을
어떻게 이기냐?

그놈이 얼마나 똑똑했든,
그동안 우릴 어떻게 보고
무슨 계획을 세웠든
상관없어.

난 이제부터 달라질 거니까.

더 나은 사람이 되려고
안간힘을 쓸 거야.

그러니까 너도 다시 생각해.
그놈 콧대를 눌러주려면
어떻게 살아야 할지.

…너 되게 재수 없어졌다.

맨날 가르치려 들던 게 누군데.
그래도 넌… 안 울어서 좋다.

갈게.

들어가요,
이반.

언니 말대로
몸 좀 추스르면
병원부터 가요.

이제 다
끝났잖아요….

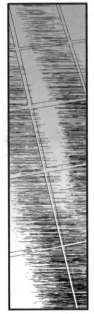

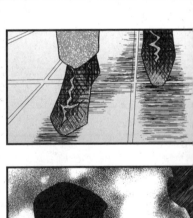

53

까라마조프

5 YEARS LATER

너희 학년이 가장 중요한
시기인 거 알지?

에휴,
지겨워.

내일까지 진로 희망 조사서
써 오는 거 잊지 말아라.

딱히
되고 싶은 것도
없다고.

이제 내가 일류샤보다
형이 되었네.

잠깐, 지나갈게요….

알료샤?

어머.

키가 엄청 자랐네!
그동안 잘 지냈어?

나보다
작다….

고등학생이니까…
늘 똑같죠, 뭐.

그건
좋은 일이네.

알료샤는
어떻게
지냈어요?

설마 너
콜랴니?

음~.

사실 말이야.

새로운 공부를 시작했는데,
합격한 학교가 타 지역이라
몇 주 후에 떠나.

떠나요?
무슨 공부길래?

가족 심리 상담사가
되어볼까 해.

우리 집 같은 일이
다시는 벌어지지 않게.

아, 그래도
드미트리 언니가 출소하기 전엔
꼭 돌아올 거니까….

멋지네요. 난 꿈 없는데.

나도 처음부터 확신했던 건 아니야!

여자친구도 있으니 기왕이면 여기서 공부하고 싶었거든.

맞다…. 이 누나 리즈랑 연애 중이었지.

너무 멀어서 이 학교는 포기할까 했는데….

그런 어중간한 마음으론 안 돼요.

한번 하기로 했으면 최선을 다하라고요.

그치만….

응….

장거리 연애 몇 년 못 견딜 정도로 가벼운 마음 아니거든요?

리즈가 뜯어 말려서….

알 것 같네요….

249

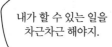
내가 할 수 있는 일을
차근차근 해야지.

언니에게도,
용서해 준 일류샤에게도
부끄럽지 않게.

희망 진로라….

성적이야,
좀 더 올리면 그만이고.
나도 상담사를 노려볼까….

일류샤 같은
아이를 도울 수 있게….

알료샤는 역시 알료샤네요.
남의 고민을 해결해 주고.

응?

아무것도 아니에요.

아, 만난 김에
같이 저녁 드실래요?
일류샤네
가던 길인데.

스네기료프 씨한테?

네, 요즘 아저씨
말동무해 드리고
있거든요.

그 사건 이후로 그루첸카 씨가 대부 회사를 완전히 정리했잖아요?

자기 아버지랑 연도 끊은 모양이고.

아저씨도 기왕 직장이 없어진 김에 좀 쉬고 싶으시대요.

그랬구나.

음, 제안은 고맙지만, 다음에 초대해 줄래?

오늘은 중요한 선약이 있거든….

안 될 건 없지.

몸은 좀 어때?

그냥 그래.

오늘은 괜찮은 편이고,
나쁠 땐 하루 종일
누워있어.

나, 역시
떠나지 말까?

내가 언니를
돌봐야…

내가 어린애니?

배울 때를
놓치면 후회해.
그러지 마.

카체리나가
종종 들르니까
네가 신경 쓸 것 없어.

카체리나 씨가?

그래. 올 때마다
뭘 사 들고 와서
귀찮아.

죄책감 때문이면
관두라고 했는데,
그래도 오더라.

마음이 쓰여서 그럴 거야.
하고 싶은 대로 하게 둬.

…그래야겠지.

타인의 마음은
왜 이리 어려울까?

우리, 이 자리에서
사랑에 대해 얘기했던 거
기억나?

지성도 논리도 필요 없이,
배 속으로,
오장육부로
사랑한다고 했잖아.

그랬지.

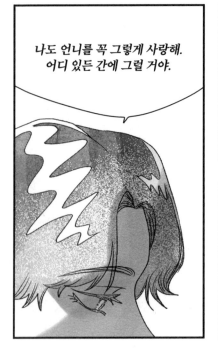

나도 언니를 꼭 그렇게 사랑해.
어디 있든 간에 그럴 거야.

그때는 언니가 떠났는데,
지금은 내가 떠나네….

우리 또 만날 수
있는 거지?

그럴 거야.

약속해 줘.

노력할게.

하하….

언니는 참 한결같다.

가볼게.
몸조리 잘해.

… 악마는 매번
얼굴을 바꾸나 보지?

아니.
앞으로 계속
이 얼굴일 거야.

넌 이제부터 평생
이놈 생각만
할 테니까.

뭘 해야
이 녀석의 뜻대로
휘둘리지 않을까.

어떻게 살아야
이길 수 있을까.

선악의 갈등을
느끼는 순간마다
시험에 빠진
기분일 테니까.

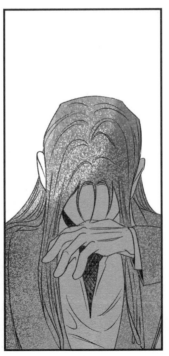

하하….

에필로그

그래서?

뭐라도 준비 안 해?

이 집에서
생일 챙기는 애가
어디 있다고.

알료샤의 생일이
모레야.

난 생일마다 말이야….

그건 아빠가 못돼 처먹은 거고!

알료샤는 좋은 기억만 가졌으면 좋겠단 말이야.

너, 언니 노릇 하고 싶다며?

… 생일이란 거, 챙기면 좋아?

…어?

얼레.

그렇…지?

얘 진짜 한 번도 안 챙겨봤나 보네.

그럼 나도 끼워줘. 까짓것 해보지 뭐.

하긴.

아빠야, 그 모양이고. 얘네 엄마는 세 살 때 도망갔다니까…

이반!

아, 응?

알료샤는 그래서 뭘 좋아하냐?

버찌잼.

소박하네.
그리고?

… 에잇,
난 또 뭐라고.

야, 넌 나한테
앞으로 뭐라
가르치지 말아라.

네가 뭘 알아!

알료샤는 원체
주는 대로 잘 먹고
취향도 없단 말이야!

흐음….

아, 케이크는 어때?
생일엔 그런 걸
먹는 모양이던데.

발상은 좋은데,
살 돈은 있어?

뭐 하러 돈 주고 사냐?
요리사한테 구워달라고
부탁하면 되잖아.

가자!

잠깐만!

요리사란 게
설마….

싫어요.

아, 왜~.

마르파는 바빠서 못 해준단 말이야~.

저도 바빠요. 케이크 굽는 게 쉬운 줄 아세요?

게다가 제가 다 치워야 하잖아요.

애당초 이 집에서 생일 챙기는 애가 어디 있다고 그러세요?

우아, 드미트리랑 똑같이 말한다….

스메르쟈코프, 협조 안 하겠다 이거야?

이반이 먼저 하자고 한 일인데?

그치?

도와주면 참 기쁠 텐데~.

이번 한 번만이에요.

뭔가 이상한데.

반죽이 너무 묽지 않아?

밀가루를 좀 더 넣어볼까요?

어째 양이 점점 많아지는데?

그릇을 큰 걸로 바꿔.

헉, 타는 냄새 난다!

비켜봐요. 크림만 잘 바르면 되니까.

이거 오늘 안에 되는 거 맞아?

둘 다 조용히 좀 해! 어른들이라도 오면…

끼이아…

다들
나 빼고
노는 거야?

시끄러워서
깼구나?

따돌리고
노는 게
아니라~

당신 생일 케이크를 만든다고
이 난리를 피우고 있잖아요.

쉿!

내 케이크?

야, 저거 왜 저렇게
커졌어?

모양새도
어째 좀….

우아~.

언니들
최고!

나 혼자선
절대 다
못 먹겠다!

다 같이 먹자!

어…
그럴까?

결국
이런 식이지.
이걸 언제 다
치운담.

같이
먹재도.

아니요, 아가씨.
전 청소를 해야죠.

함께 구웠는데
안 먹어보고?

그래, 모처럼인데
나중에 치우고
와서 앉아.

너도
고생했잖아.

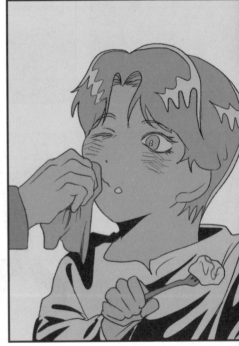

가끔은 이런 것도
괜찮네.

모르는 사람을
미워할 순
없으니까.

아무도 내 얘기를
들으려 한 적
없었는데….

 드미트리

그루첸카

짐승들

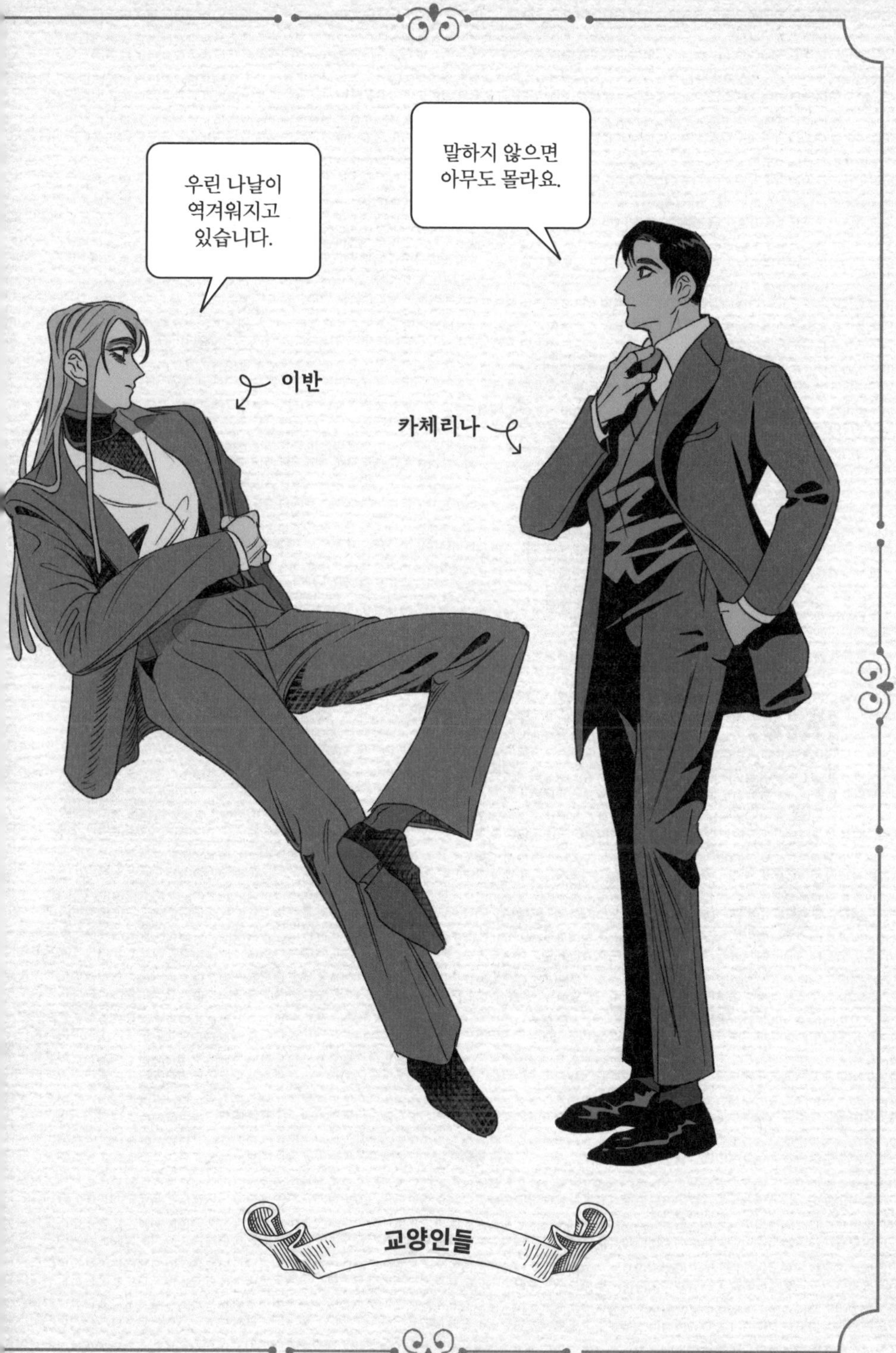
우린 나날이 역겨워지고 있습니다.
말하지 않으면 아무도 몰라요.
이반
카체리나
교양인들

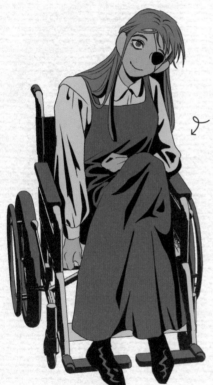

알기 쉬운 노인.

쓸 만한 개.

표도르

스메르쟈코프

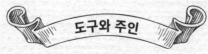

도구와 주인

안녕하세요.

본 이야기를 처음 기획했던 것은 2020년 가을 무렵이었는데
2023년 1월에 단행본의 완결 후기를 적고 있자니 감개무량합니다.

《까라마조프의 자매들》은 제게 의미가 큰 작품입니다.
원작을 아끼는 마음도 있었지만, 단편 만화만 연례행사처럼 종종 작업하다
마감이 있고, 분량을 갖춘 첫 정기 연재에서 많은 것을 배웠기 때문입니다.

저는 영화를 보며 만화 연출을 독학했던지라 창작물을 만들 때마다
'이 장면이 영화라면 어때야 효과적일까?', '어떤 음악을 넣고 샷을 뺄까?',
'내가 감독이라면 어떻게 연출할까?' 생각하는 경향이 있는데요.
한번 극장에 앉으면 끝까지 볼 거라고 전제하고 만드는 거대한 이야기와
적절한 분량으로 챕터를 쪼개는 것은 큰 차이가 있더라고요.
직접 구워낸 밤식빵의 모든 조각이 부디 맛있길 기도하는 기분이랄까요……
어떤 조각엔 밤이 많이 몰려있고 어떤 조각은 또 밋밋하겠지만
모두 모아 놓고 봤을 때는 즐거운 맛이었으면 하는 바람입니다.

감독으로서 과연 본 이야기를 처음부터 끝까지 잘 이끌어나갔냐? 하면
아쉬움도 있지만, 그때마다의 최선을 다했다고 생각합니다.

유명한 고전의 성별을 바꾸고 현대 시점으로 재해석한 부분이 특이하다는
평가를 많이 들었는데요. 초반부는 원작을 그대로 따라가는 듯싶지만,
진행되며 점점 다른 부분들이 드러납니다. 후기를 빌려 각색에 사건을 달까
합니다. 원작 《카라마조프 가의 형제들》은 워낙 유명한 이야기이고, 방대한
양으로도 악명(?)이 높죠. 그 안에서 벌어지는 사건은 현대의 관점으로 보자면
'아니, 이 인간들 대체 왜 이러는 거야?' 싶기도 하고, 지금으로선 도무지
이해되지 않는 궤변도 많아요.

그러나 전 고전을 각색하는 일이 유의미하고 앞으로도 그럴 것이라고 믿습니다. 고전의 공통점은 "인간은 무엇인가?", "어떻게 살아야 하는가?"의 질문을 던진다는 점입니다. 케케묵은 이야기로 보일지 몰라도 자신이 속한 시대에 치열하게 해왔던 사유가 담겨있고, 작가조차 예상치 못했을 먼 후세, 이를테면 현대의 독자인 우리들에게 통용되는 부분이 있습니다.

까라마조프가 여태까지 거론되는 이유는 막장 드라마 같은 서사 때문만이 아니라, 내가 누구이며 어떻게 살아야 하는지 묻는 질문이 담겨있기 때문일 거예요. 창작물을 읽으며 나를 발굴하고 재정립하는 것은 즐거운 일입니다. 마찬가지로 이 만화를 읽으면서 어떤 부분에 울림을 느끼셨다면 저로서는 몹시 기쁠 것 같아요.

각색을 거치며 제가 이 인물들을 얼마나 사랑했는지 새삼 깨달았네요. 오랜 친구와 헤어지는 기분도 들었고요. 53화의 마지막 장면을 그리고 나서는 괜히 헛헛해졌답니다.

후기를 쓰며 확인해 보니 포스타입의 오리지널 시리즈로 공식적인 첫 화가 올라간 날짜가 2021년 9월이더군요. 독립 연재였다면 상상도 못 할 기쁜 기회를 만들어주신 포스타입에게 정말 감사드립니다. 출판 만화를 보며 자란 세대인 제게 제 만화가 서점에 진열되는 각별한 경험을 주신 북이십일 출판사 분들에게도 깊이 감사드립니다.

무엇보다 2년가량 애독해 주신 독자분들에게 진심으로 감사드립니다. 어딜 가든 모쪼록 행복하시길 바랍니다.

2023년 1월, 정원사 드림.

4

The Sisters Karamazov

까라마조프의 자매들

1판 1쇄 인쇄 2023년 2월 10일
1판 1쇄 발행 2023년 3월 10일

지은이 정원사
펴낸이 김영곤
펴낸곳 ㈜북이십일 아르테팝

융합1본부장 문영 **기획개발** 변기석 신세빈 김시은
표지·본문 디자인 정은혜 **교정교열** 강세미
아동마케팅영업본부장 변유경 **아동마케팅1팀** 김영남 황혜선 이규림 황성진
아동마케팅2팀 임동렬 이해림 안정현 최윤아 **아동영업팀** 한충희 오은희 강경남 김규희
제작 이영민 권경민

출판등록 2000년 5월 6일 제 406-2003-061호
주소 (우 10881) 경기도 파주시 문발동 회동길 201
연락처 031-955-2100(대표) 031-955-2715(기획개발)
팩스 031-955-2177
홈페이지 www.book21.com

© JEONG WON SA·POSTYPE

ISBN 978-89-509-3453-8 04810
        978-89-509-0703-7 (세트)

*책값은 뒤표지에 있습니다.
*잘못 만들어진 책은 구입하신 서점에서 교환해 드립니다.